Rizos de Oro y los tres osos

texto e ilustraciones de
Tony Ross

traducción de **Juan R. Azaola**

@A Altea

Título original: *Goldilocks and the Three Bears*
Primera edición, publicada por Andersen Press Ltd.
© Tony Ross, 1976, del texto e ilustraciones
© Ediciones Altea, 1981
© 1991, Altea, Taurus, Alfaguara, S. A. de la presente edición en lengua española
Juan Bravo, 38. 28006 Madrid
Con la autorización de Editions Gallimard
para esta presentación en formato de bolsillo

©1998 by:

✲ **Santillana** USA
PUBLISHING COMPANY, INC.

2105 N.W. 86th AVENUE
MIAMI, FL 33122

I.S.B.N.: 84-372-1575-7

Bibliothèque nationale du Québec

No muy lejos de aquí, ni hace mucho tiempo, había una vez tres osos.

Uno era el papá oso, que era grandón y gruñón.

Estaba después mamá oso, que era de talla mediana y que sabía dónde se guardaban las vendas y los esparadrapos.

Y... finalmente, un osito chiquitín, que era un verdadero trasto; siempre se estaba perdiendo, cayéndose y haciéndose heridas en las rodillas.

Los tres osos vivían juntos en una casa situada en un claro del bosque.

Y vivían muy felices. Tenían de todo para comer y hasta televisión en color. La vida era placentera para los tres osos. Vivían en paz y en realidad nada de particular perturbaba su existencia hasta el desgraciado día en que…

...Rizos de Oro se perdió en el bosque.

Rizos de Oro vivía en el lindero del bosque. Su padre era un guarda forestal, que podaba árboles y limpiaba el bosque de los desperdicios que dejaban los excursionistas.

Como de costumbre, Rizos de Oro estaba jugando, pero esta vez sus juegos la llevaron cada vez más hacia el interior de la espesura.

—Estate atenta, Rizos de Oro —le advirtieron los conejos—, que te vas a perder.

Pero Rizos de Oro no les prestó atención. Y aunque se la hubiera prestado, la verdad es que no entendía el idioma de los conejos.

Poco a poco empezó a oscurecer y Rizos de Oro comenzó a sentir hambre y algo de miedo. No hacía más que dar vueltas y más vueltas, sin encontrar el camino de regreso hacia su casa. Y es que, al irse la luz, todos los árboles y arbustos parecían iguales.

Al cabo de un rato de haberse perdido del todo, la niña descubrió la casa donde vivían los tres osos.

Se aproximó a ella con muchas precauciones y tiró de la campanilla que había en la puerta.

Nadie respondió. Entonces Rizos de Oro dio un empujón a la puerta y ésta se abrió completamente.

—¡Hoooolaaa! —exclamó. Pero no hubo respuesta.

Las luces estaban encendidas, pero la casa parecía vacía.

Rizos de Oro era una niña bastante fisgona, así es que entró en la casa y vio que había una habitación muy iluminada: era el comedor.

En el centro aparecía una mesa puesta con tres tazones.

Rizos de Oro se aproximó de puntillas y echó un vistazo a los tazones. ¡Estaban llenos de arroz con leche!

«¡Huuuummmmm! ¡Qué buena pinta tiene esto!», se dijo Rizos de Oro.

Para entonces tenía ya tanta hambre que su tripa se le quejaba continuamente haciendo ruidos y más ruidos. No pudo resistir la tentación y, tomando una cuchara, la hundió en el tazón más grande.

—¡Huy! —exclamó Rizos de Oro, dejando caer la cuchara. Y es que el arroz con leche estaba calentísimo.

Rizos de Oro aspiró aire para refrescarse la lengua y metió la cuchara en el tazón mediano. Pero esta vez la cucharada resultó todavía peor: ¡el arroz con leche estaba helado!

«¿Quién vivirá en esta casa», pensó Rizos de Oro, «y comerá un arroz con leche tan horrible?».

Rizos de Oro metió su cuchara en el

tercero y más pequeño de los tazones y probó el arroz con leche, esperando que fuera tan malo como el que había probado en los otros tazones.

Pero, mira por dónde, éste estaba muy bueno. ¡Estaba buenísimo!

De modo que tomó otra cucharada, y otra, y otra...

En un abrir y cerrar de ojos, el tazón quedó vacío.

Rizos de Oro chupó la cuchara y luego se chupó los dedos.

Ahora se encontraba muchísimo mejor, y se dispuso a dar una vuelta por la casa.

La habitación contigua al comedor era el salón. «¡Ah, qué bien!», pensó Rizos de Oro, «descansaré un poco».

Como se había llenado de arroz con
leche se hundió en el asiento de la mayor
de las butacas. Pero como ésta era tan
grande, no resultaba muy cómoda. Ni
poniendo sus brazos en cruz podía to-
car los de la butaca. Decidió entonces
probar suerte con otra.

Subió en la de tamaño mediano y
trató de instalarse cómodamente.

Primero se sentó de una manera, luego de otra, pero al almohadón le salía siempre un gran bulto del que no conseguía librarse.

«No me gustaría vivir aquí», pensó Rizos de Oro; «¡las butacas son tan malas como la comida!».

Se bajó de la butaca mediana y echó un vistazo a todo el salón.

Había otra butaca, una pequeñita, allá en una esquina.

Rizos de Oro se sentó en la butaquita. Y se encontró muy a gusto en ella.

Con el estómago lleno y ya algo cansada, le entraron ganas de echar un sueñecito. Muy pronto se quedó dormida. Pero apenas acababa de cerrar los ojos cuando... ¡Crack! ¡Tras, plonk!

Se habían partido dos de las patas de la butaquita. Rizos de Oro rodó por el suelo.

—¡Qué desastre de casa! —murmuró—, ¡no me extrañaría que ni siquiera tuviera camas!

Soñolienta y magullada, Rizos de Oro siguió su recorrido de inspección.

Subió los escalones y vio que en el piso de arriba había tres puertas.

Abrió la primera de ellas y vio que era el cuarto de baño, por lo que volvió a cerrarla.

Abrió la segunda y vio un agradable dormitorio con dos camas.

Rizos de Oro trepó a la primera de ellas, la más grande.

Era durísima.

«¡Qué horror!», pensó. «¿Es que no voy a poder descansar nunca?».

Y bajó dejándose deslizar por el edredón.

La cama mediana tenía un aspecto mucho más cómodo.

Rizos de Oro oprimió el colchón. Parecía ser bastante blando.

Se subió a la cama mediana y se hundió en las sábanas. ¡Vaya si se hundió! ¡Se hundió una barbaridad!

La cama era demasiado blanda. Tumbarse en ella era como ahogarse en un mar de ropa.

Rizos de Oro se bajó como pudo de allí y se rascó la cabeza.

«Había un tazón pequeño y una butaca pequeña», se dijo. «Quizá haya también una cama pequeña.»

Se acordó de la tercera puerta que
había visto y salió del dormitorio
grande.

Empujó la tercera puerta y se encontró ante un pequeño y acogedor dormitorio. En una esquina había una camita.

Subió a ella y, de un salto, se dejó caer
encima rebotando una y otra vez. El
colchón era mullidísimo. ¡Aquella cami-

ta estaba muy bien! Feliz, Rizos de Oro se metió entre las sábanas y se quedó dormida.

Estaba tan cansada que se olvidó de quitarse los zapatos.

Mientras Rizos de Oro dormía, los tres osos volvieron a su casa.

Habían estado visitando a la tía-abuela Lola, la vieja osa.

La noche era fría y oscura, y a los tres osos les alegró estar de regreso.

—No sé por qué vamos a ver a la tía Lola —gruñó papá oso—. Está más sorda que una tapia; se pasa el rato haciendo punto y ni nos oye.

—No te preocupes, querido —le tranquilizó mamá oso—. Nunca le caíste bien. Anda, pasa y toma tu arroz con leche.

Ayudó a papá oso a quitarse el abrigo y luego los tres pasaron al comedor.

—Creí que habíamos dejado cerrada la puerta —gruñó papá oso.

Cuando se sentaron, papá oso contempló su tazón con aire contrariado.

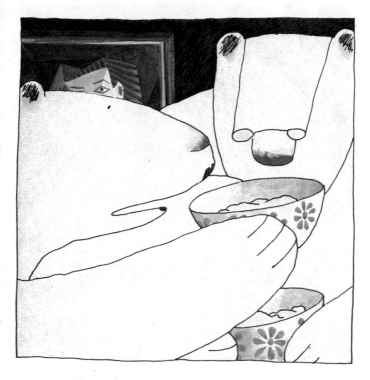

Se dio cuenta de que algo andaba mal. Miró el tazón por todos lados, lo hizo girar y metió la nariz en él. Luego, miró a mamá oso y rugió:

—¡Alguien ha estado comiéndose mi arroz con leche!

Mamá oso miró el tazón durante algunos momentos. Luego miró el suyo, el mediano.

—Alguien ha estado comiendo también mi arroz con leche —dijo con voz entrecortada. Los dos osos se quedaron mirándose el uno al otro, no sabiendo qué hacer.

Luego el osito pequeño miró en su pequeño tazón.

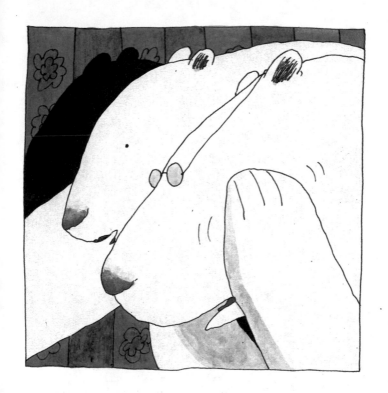

—También alguien ha estado comiendo mi arroz con leche —se lamentó—. Y se lo ha comido todo.

El osito empezó a llorar y papá oso se levantó para mirar el tazón de su hijo.

—Huuuummm —dijo, sin saber qué otra cosa podía decir.

—Vamos, vamos, no llores —dijo mamá oso, enjugando las lágrimas al osito.

—Mejor será que nos sentemos y pensemos qué ha pasado —gruñó papá oso.

—Apostaría algo a que dejamos esta puerta cerrada —dijo luego, cuando los tres entraban en el salón.

Cogió su periódico, pero se quedó clavado delante de su butaca.

—¡Alguien se ha sentado en mi butaca! —rugió al ver el cojín arrugado.

Mamá oso se acercó a ver su butaca mediana.

—¡Alguien se ha sentado en mi butaca también! —dijo con asombro.

Papá y mamá osos se quedaron rascándose la cabeza y mirando a sus butacas.

—Esto es rarísimo —gruño papá oso.

Entonces se oyó al osito lamentarse:

—Y alguien se ha sentado en mi butaca y la ha roto.

Y el osito comenzó a llorar de nuevo.

Los papás se acercaron a ver.

—No se cómo la podríamos arreglar —gruñó papá oso mientras mamá oso consolaba al osito.

—Vámonos a la cama —murmuró papá oso—. Ya pensaremos mañana lo que hay que hacer.

Los tres desconcertados osos subieron con tristeza las escaleras que conducían a sus dormitorios.

Papá oso sacó su pijama de debajo de la almohada, pero antes de ponérselo se fijó en el arrugado edredón.

—¡Alguien ha dormido en mi cama! —vociferó.

Mamá oso, que estaba buscando su camisón, fue a ver su cama.

—Y alguien ha dormido en mi cama también —dijo.

Entonces se oyó un chillido en el dormitorio del osito y papá oso y mamá oso corrieron a ver qué pasaba.

El osito estaba delante de la puerta de su habitación, señalando con una pata temblorosa hacia su cama.

—Alguien ha dormido en mi cama. ¡Y mirad! ¡Todavía está en ella!

Los tres osos se acercaron a mirar a Rizos de Oro, que estaba acostada durmiendo en la cama del osito.

—¿Quién es? —susurró el osito.

—No lo sé —respondió su madre.

—Quienquiera que sea debería estar en su casa, no en la nuestra —gruñó papá oso.

Ahora ya sabían los tres quién había comido de su arroz con leche y quién se había sentado en sus butacas.

Estaban muy, muy enfadados.

Sacaron sus uñas y pusieron toda la cara de fieras que pudieron (lo cual les hacía resultar bastante fieros, aunque no tanto como los osos del zoo).

Luego, cogieron mucho aire e hicieron: ¡GRRRRRRRRRRRRRRRR!

Rizos de Oro se despertó de un salto.

Estaba tan asustada que tenía toda su larga cabellera de punta.

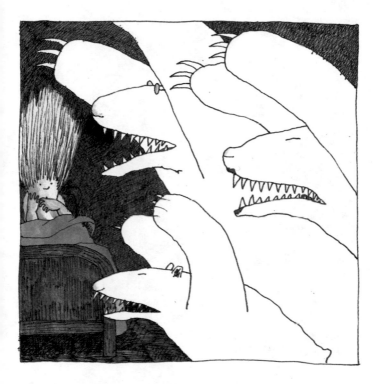

Rizos de Oro saltó de la camita, se escurrió por entre las piernas de papá oso y se lanzó por las escaleras, atravesó el recibidor y salió de la casa. Llena de miedo siguió corriendo y corriendo sin parar hasta que empezó a amaneccr. Pronto encontró el camino hacia su casa, a la que llegó resoplando y con muchos colores.

Había estado perdida tanto tiempo que su padre estaba preocupado y enfadado, pero Rizos de Oro al menos había aprendido una buena lección.

A partir de aquel día, nunca ha vuelto a probar la comida de nadie, ni se ha sentado en la butaca de nadie, ni ha dormido en la cama de nadie, ni ha curioseado en casa de nadie... sin haber pedido permiso primero.

BIOGRAFIA

Nací en Londres en 1938 y aún sigo creyendo en los cuentos de hadas y en Papá Noel.

Después de mis estudios, trabajé en publicidad y luego fui profesor en la escuela politécnica de Manchester. Durante los años 60 pasé mis buenos ratos dibujando para revistas, especialmente para *Punch*.

Mis primeros libros infantiles se publicaron en 1973. Desde entonces he hecho ya unos veinte.

Para mí, los niños son mucho más importantes que los editores, los políticos o los reyes, y siempre he intentado hacer lo posible para hacer dibujos que les gustaran.

Mi principal ambición es la de divertir. A menudo reescribo a mi modo historias tradicionales para contribuir a que sean conocidas por los niños de hoy.

Y a veces escribo mis propios cuentos, porque me gusta tanto escribir que no lo puedo evitar.

Vivo en el campo con mi mujer mis cuatro hijos y mis dos gatos, que, dicho sea de paso, no paran de pelearse y de robar en la despensa.

Me gusta la navegación a vela y coleccionar soldadi-
tos de plomo.
Detesto la política, los viajes, los adultos cascarra-
bias, los profesores pedantes y los coches deportivos.
Me gustan las motos, pero no me atrevo a montar en
ellas.
En fin, creo que un libro es bueno cuando gusta al
público y que es excelente cuando el público lo
adora.

Tony Ross

ALGUNAS PALABRAS DIFICILES

Edredón. Especie de manta rellena de plumón que se
usa como cobertor en la cama.

Esparadrapo. Tira de tela engomada que se utiliza
para sujetar vendajes.

Gruñido. Voz del perro y otros animales cuando
muestran su disgusto.

Guarda forestal. Persona dedicada a la vigilancia y
protección de un bosque.

Se está mejor sentado que de pie...

La butaca es un elemento familiar de nuestro mobi-
liario. Sin embargo, en sus orígenes, estaba particu-
larmente reservada a los dioses y a los reyes, en
especial en Grecia y en Roma. El respaldo era alto y
ancho y solía tener las patas esculpidas. Este tipo de
butaca de madera nos parecería hoy muy incómodo,
y de hecho hubo que esperar hasta una época
relativamente reciente para encontrar asientos en los
que diera gusto sentarse.

Pues no es sino hasta el siglo XVII cuando se comien-
zan a fabricar butacas con relleno, que ofrecen un
confort muy superior a los antiguos asientos de
madera.

A lo largo de los tres últimos siglos, las butacas pasaron por estilos bien diferentes, que los entendidos en antigüedades saben reconocer enseguida: Luis XIV, Regencia, Luis XV, Luis XVI, etc...

Hoy en día, las butacas tienen sin duda una forma menos rebuscada, pero generalmente son bastante más cómodas, lo cual es un detalle nada despreciable para los entendidos en «no cansarse mucho».

...y mejor todavía tumbado que sentado

Incluso si resulta bastante agradable echarse una siesta en una buena butaca, nada es tan bueno para un sueño reparador como una mullida cama.

Sin embargo, entre los antiguos la cama no servía sólo para dormir, sino que existían también lechos de mesa sobre los cuales se tendía la gente a la hora de comer. O sea que los romanos preferían comer acostados que sentados. Tales camas, tanto las destinadas al sueño como a la comida, se fueron construyendo cada vez con más lujo. Algunas incluso eran de plata maciza.

En la Edad Media se fabricaron camas monumentales que tenían columnas y hasta un techo. Más tarde

se crearon camas con baldaquino, a base de colgaduras y cortinajes que se podían cerrar completamente para proteger mejor el sueño. Luego, a partir del siglo XVIII, la cama se fue simplificando hasta convertirse poco a poco en lo que es hoy día: un sencillo somier provisto de un colchón.

Ya sea sencilla o complicada, lujosa o puramente funcional, la cama ocupa un lugar esencial en nuestra vida cotidiana; efectivamente, una tercera parte de nuestra vida la pasamos durmiendo. Por tanto, es indispensable hacerlo en las mejores condiciones de confort. Una de las últimas invenciones en materia de camas nos llega de los Estados Unidos, de California concretamente; allí es donde ha nacido la idea de fabricar camas de plástico rellenas de agua. Sin duda es agradable dejarse mecer en su sueño por un dulce chapoteo, pero tales camas tienen dos defectos esenciales: en primer lugar, llegan a pesar alrededor de setecientos kilos, y en segundo, es prácticamente imposible vaciarlas sin producir una inundación. De modo que quizá sea más prudente escoger una sencilla y pequeña cama, como aquella en que tan descuidadamente se echó a dormir Rizos de Oro.